Bem de boas

Bem de boas

RONALD AUGUSTO

Ilustrações
ELOAR GUAZZELLI

Porto Alegre, 2025

Libretos

DEBUTANTE REVOLTADA

Acordou decidida,
com tudo na ponta da língua.
Não era mais uma menina bobinha,
que se veste de preto dos pés à cabeça
só para intimidar garotos mais bobos ainda.

Não ia ficar para tia,
nem virar vovó a espiar o mundo da janela.
Seria uma mulher de verdade,
capaz das maiores ousadias:
modelo, executiva, atriz,
líder comunitária, enfim, outras havia.

Teria o dom de virar a cabeça
do maior craque do planeta.

Deu um chega pra lá
nas tiaras cheias de bichinhos.
Seria uma mulher-sereia toda poderosa,
de poucos amigos e muitos admiradores.

Acordara cedo,
ainda nem bem amanhecia.
O pai roncava, a mãe estava longe da pia.

Mas uma revolução começava
e exigia grandes mudanças.
Resolveu começar primeiro
mudando a cor dos seus cabelos.

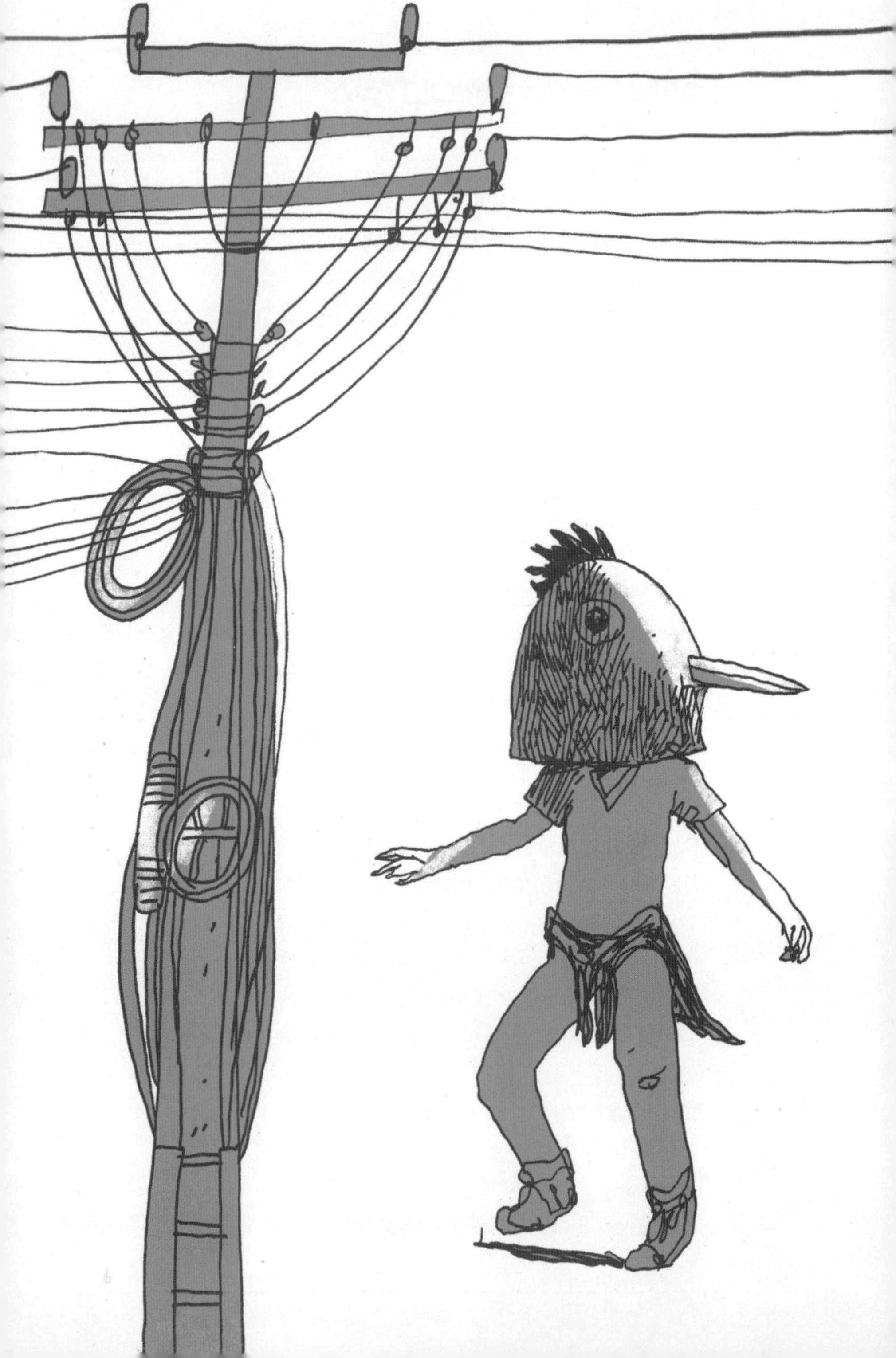

ME DEIXEM EM PAZ

Sopra um pé de vento perto do meu prédio
refrescando a onda de calor, e como é bom.
O passarinho levanta voo da calçada,
leva no seu bico um belo som.

Vejo a paisagem de telhados,
a vizinhança, os carros atropelando o dia.
Eu não quero que me entendam, nem que me digam
como deve ser minha vida ou minha alegria.

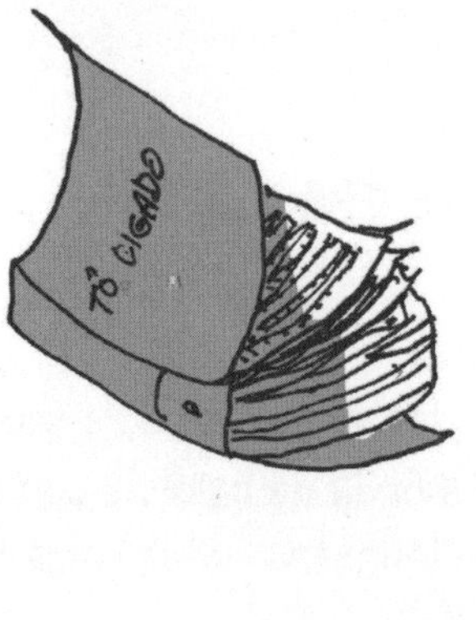
TÔ CIGADO

TÔ LIGADO

O cara viaja direto
e tem os pés no chão.
Diz que quer ter uma banda
e jogar futebol na Holanda.

Diz que quer ser um rapper
pra cantar que sua arma é um microfone.
Diz que vai sarar o abdômen
e, depois, comer um monte de calzone.

Ele sonha ser o cara em artes
marciais,
animais
e integrais.

Só não quer ser convencido pelo pai,
pela mãe, pela professora ou pelo escritor
que visitou a escola
a ler um pouquinho mais.

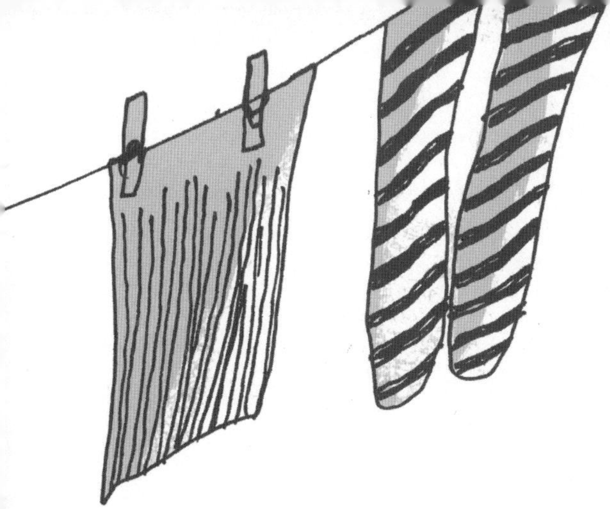

SEM PALAVRAS

Dependendo do momento,
da balada ou da trairagem,
um palavrão bem sacado, escolhido a dedo,
vale por mil palavras.
Mas para o mala ou o mau entendedor,
um só não basta.

INIMIGA DE FÉ

Eu sou parceira
da minha maior inimiga.
Nunca apronto com ela,
a não ser quando ela apronta comigo.

Enquanto eu for sua grande inimiga
ela nem pensará em me deixar na mão.
Temos um acordo, eu lhe digo "Não me amola!",
e ela jamais me passa a bola.

Se ela me vira a cara,
fico uma arara.
No outro dia me faço de tonta,
falo mal dela além da conta.

Nunca deixo de lhe dar o troco.
E ela comigo também nunca falha.
Ela diz que sou puro osso,
eu digo que odeio a sua sandália.

UMAS MENINAS

Às vezes as meninas complicam
e pinicam nosso coração
que nem aquele pulôver de lã, supercolorido,
feito à mão pela vovó tão querida,
que sabe tudo da vida (e muito mais da alheia).

Meninas nos deixam doidos da vida!
Falam pelos cotovelos,
choram nos travesseiros,
e fazem o maior alarde quando brigam com a gente
(inclusive pelos celulares).

Meninas são exigentes demais.
Espremem nossas espinhas. As delas, nem pensar!
Põem luzes nos cabelos.
Para elas, somos sempre mais ou menos.

UNS MENINOS

Às vezes os meninos são tão toscos!
Alguém pode me explicar
por que eles não gostam de tomar banho de sol?
E por que falam tanto de futebol?
E por que, quando falam entre eles, sempre aos berros,
pensam que a altura da voz é mais importante
do que aquilo que eles querem dizer?

E por que eles usam
desodorantes baratos?
Ninguém merece meninos assim.

Minhas amigas dizem
que estou à procura de um Príncipe,
que isso não existe e bláblábláblá.
Pode ser, sei lá!

Será que é por isso que nenhum deles
me tira pra dançar?
Meninos são muito inseguros.

AMARRADÃO/AMARRADONA

Caminhando ao seu lado
vejo todas as coisas de outro jeito.
A areia junto ao muro da minha casa é boa.
Eu quase não entendo por que, por tanto tempo,
me fingi tão infeliz.

A natureza vem e não diz
se o amor é tudo, nem se é bom ou ruim.

Sem você não sei calar.
Sem você, onde vou parar?
A areia do nosso tempo não escoa.

Cada música que ouço no rádio
me traz a tua imagem forte e bela demais,
e me arrasta a terras jamais vistas.

Terras jamais encontradas por alguém como eu
que nunca pôs o pé na estrada
e que apenas sonhou com um avião
do tipo mais rápido,
e que num piscar de olhos
está no Japão ou em parte alguma.

TROCA DE OLHARES

Aquela guria, aquela mina
é bem maneira!
Mas até hoje não vi maneira
de saber se ela, na real,
me olha quando me olha.

Será que ela me namora
ou, verdadeira bola nas costas,
tem em mira outra história?

Na dúvida, também olho nos seus olhos.
Vá que um dia cole!

Mas sempre fico com os dois pés atrás,
porque parece que um dia,
do nada, ela vai virar pra mim e dizer:

"Sai da minha frente, não vê que você
está plantado entre mim
e aquele guri que é um gato!".

PISTA DE DANÇA

Ando pelas ruas da cidade
e a música entra pelos meus ouvidos.

Só eu danço.
Ao redor de mim, todos andam seus passos normais.

Sigo caminhando no meu ritmo.
Sinto o balanço.

Ouço o som que é bom: lá vem o bumbo, a caixa que racha
e o tom-tom.

De repente, ao dobrar uma esquina,
fico de cara,
encaro minha cara toda feliz
refletida numa vitrine.

E agora, vestindo aqueles panos de butique,
e rodeado de gente ainda triste,
vivo meu próprio videoclipe
com aquela manha que só quem posa de B.boy
sabe como é.

Fala aí, mané!

NÃO SOU DOENTE DO PÉ

Samba, sua bênção, por favor!
Chego pedindo licença
porque não quero ofender
a arte que és
(e que levo nos meus pés).

Arde tanto assim meu coração,
nenhuma parte de mim
fica sem se sacudir.

No que você vem,
no que você chega
eu juro que danço,
eu juro que adoro.
Ah, eu juro
que não fico em cima do muro!

FRIO DEPOIS DA CHUVA

Choveu agora pela manhã
e um arrepio correu pelas árvores retorcidas.
Na sala de aula,
eu e mais dois ou três gatos pingados.
A professora
não parece alegre nem triste,
talvez sinta um pouco mais de frio que nem a gente.
Afinal de contas,
o calor dos manos e das minas ausentes
faz uma falta
nesta sala agora imensa!

ALTAS FILOSOFIAS

Mais de meia-noite.

Scrapscrapscrapscrapscrapscraps é o que parece
dizer o teclado do computador.

Ah, e sabia que nos nossos papos, no whatsapp,
tem um monte de **p. s.**,
meu pai disse que isso significa Post Scriptum.
O quê, "poste escrito"? – perguntei.
Ele pensou que eu estava zoando.

Esse negócio de **p. s.** é porque ele acha que a gente
sempre digita uma coisinha depois de teclar **enter**,
um **emoticon**, uma coisa nada a ver, e assim
parece que a mensagem nunca termina,
sempre tem a beirinha de um **p. s.** Imagina!

Meu, não entendi nada, também
eu estava com o maior sono.

Depois dessa, acabei me convencendo
de que a melhor coisa a fazer era mesmo ir dormir.

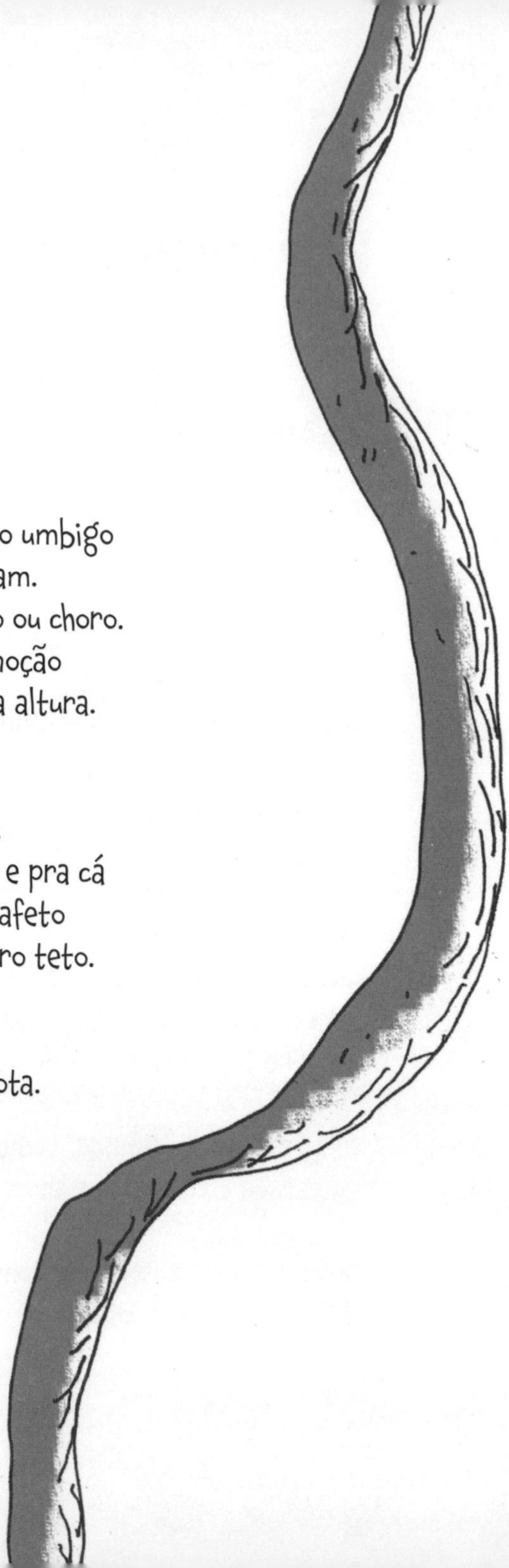

AH, OS PAIS!

Eu era um bebê,
mal perdera o cordão do umbigo
e meus pais se separaram.
Não sei se teve barraco ou choro.
Não tinha como eu ter noção
do que acontecia àquela altura.

Só sei que depois disso
aconteceu o de sempre:
aquele conhecido pra lá e pra cá
de filho que divide seu afeto
debaixo de um e de outro teto.

A ambos
ofereço e peço minha cota.
Amor exige troca:
ela me leva,
ele me busca;
ela de táxi,
ele de fusca.

Quando jogo vôlei,
mais do que pelo time,
ela torce pelo meu sucesso.
Quando quero ir ao cinema,
ele vai comigo
e paga os dois ingressos.

Me acostumei ao fato (acho).
Não consigo imaginar
os dois dividindo a mesma cama,
ou nós três na praia,
num fim de semana.

Meu amor de filho, na ausência de um
e na presença de outro,
mora no intervalo,
no caminho
entre a casa da minha mãe
e o apê do meu pai.

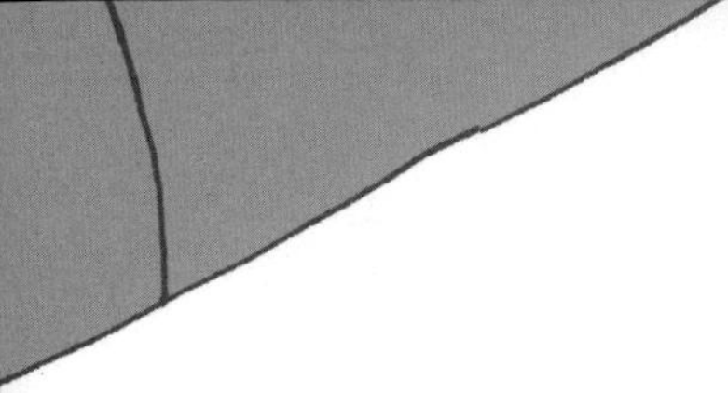

QUEM NÃO PASSA DÁ O LADO!

Quando ando de ônibus,
não leio porque me dá enjoo.
Com aquele olhar perdido,
alheio ao trajeto e aos bordões do cobrador,
vou ficando meio sonso, meio chapado e imagino
que sou capaz de altos voos.

Logo logo me vejo voando bem alto.
Chego lá em cima onde os aviões
são pequenininhos.
Então, pelo lado de fora
da janela de um passageiro,
aceno para ele, ou mostro o dedo médio,
(antes eu chamava de "pai de todos")
e ele, o passageiro, leva um baita susto, tá ligado?!

E os pássaros, apavorados, avoados
começam a fugir, dizendo:
"Nossa mãe, uma pessoa voando
sem o auxílio do grande pássaro de aço!"
(os pássaros falam que nem os índios
dos filmes americanos)

Nem sinto os solavancos do ônibus,
estou em pleno voo.

FUTEBOL, POLÍTICA E ASSEMELHADOS

Umas minas evangélicas
e manos que vão à igreja,
formam minha turma.
Nenhum deles é de treta.

Fui até a cachoeira
me banhar.
Seu Xangô está na pedreira
e vai rachar.

Não tiro razão,
nem religião de ninguém.
Quem diz a última palavra
diz mal pensando que diz bem.

É de quem a cachoeira?
De quem chegou.
Quando ronca na pedreira
é raio de Xangô.

R.I.P

PASSEIO NO CEMITÉRIO

Não penso muito na morte,
pelo menos não na minha.
Mas decidi uma coisa:
quando eu morrer
não quero que coloquem
nenhuma fotografia minha
ilustrando meu túmulo.

Afinal de contas,
quando me dizem: "giz!",
e sorrio para sair bem na foto,
eu não estou posando
para a minha morte.

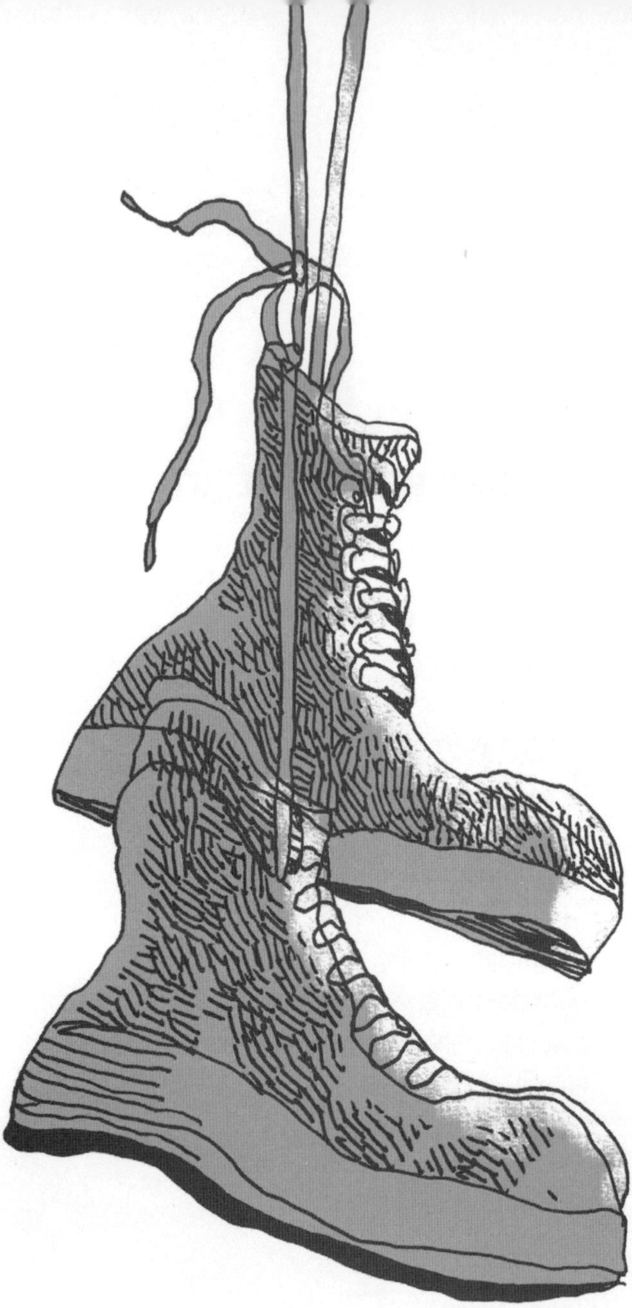

PENSANDO NA VIDA

Às vezes fico parado,
na contramão da correria.
Dou aquela parada
pra conferir a parada ao redor.

Fico contente de parecer desatento,
consigo ficar comigo de papo pro ar.
Matar o tempo, matar aula, uma aqui e outra ali,
só não compensa
pra quem não pensa.

O QUE SERÁ DA MINHA VIDA?

Celular na mochila, gente!
Não pode, não deve.
Essa é a ladainha.

Pode em cima da classe?
Celular na mochila, eu já disse.
Isso não existe!

Faz de conta que não existe
mais celular. Que nunca existiu.
O que será da minha vida?

No recreio, por 15 minutos,
você terá sua vida de volta.
Celular na mochila, gente!

Vale nota se eu deixar na mochila?

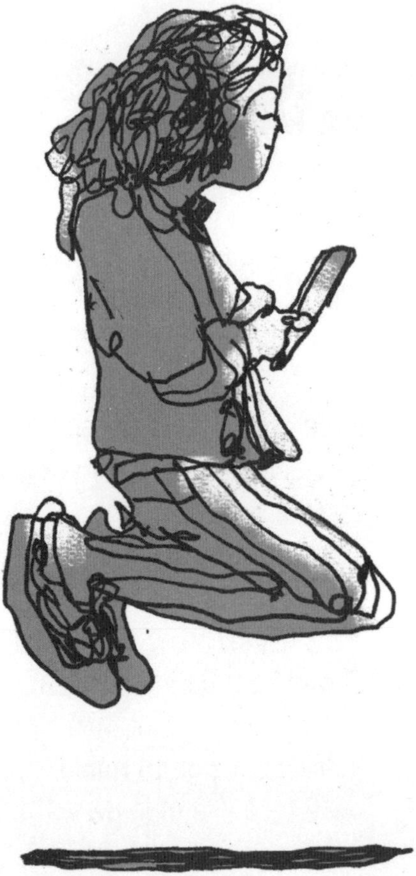

AS REGRAS DO JOGO

Dia desses, jogando online
com os meus camaradinhas,
resolvi ficar na minha.

Parei num canto, de olhos fechados,
só ouvindo toda aquela gritaria.

Parecia até um monge budista
ou um ninja muito sinistro
em posição de meditação antes do ataque mortal.

A turma começou a pegar no meu pé:
Acorda, meu! Alguém me sacudia. Olha o cara!
Dizia outro me tirando. Não viaja!

E eu ali, um impávido colosso, como diz o Ouvirudum,
nosso hino nacional.

Mesmo assim, de olhos ainda mais apertados, mas na boa,
fiquei tentando jogar, só comigo mesmo ou na tela
da minha mente,
aquele game irado que os berros e os palavrões
dos meus amigos arremessavam
para dentro desses ouvidos
que a terra não há de encher tão cedo.

Edição e desenho gráfico
Clô Barcellos

Revisão (segue o Acordo Ortográfico da Língua Portuguesa)
Beto Arreguy

Dados Internacionais de Catalogação na Publicação
Daiane Schramm – CRB 10-1881

A455b Augusto, Ronald
Bem de boas. / Ronald Augusto, ilustrações de Eloar Guazzelli.
– Porto Alegre: Libretos, 2025.
44p.; 14x21cm
ISBN 978-85-5549-074-3
1. Literatura brasileira. 2. Poemas. 3. Adolescências.
4. Mudanças sociais. I. Guazzelli, Eloar; il. II. Título.
CDD B869
CDU 82-94

Catálogo sistemático
Literatura-poemas: CDD B869.1

Impresso em maio de 2025